岩淵喜代子句集

末枯れの賑ひ

uragare no nigiwai

Iwabuchi Kiyoko

ふらんす堂

末枯れの賑ひ＊目次

句集　末枯れの賑ひ

Ⅰ　賑ひ

二十一句

末枯れの賑ひにあり雑木山

一日をあなどりをれば鵜の声

船の影船に映りて十三夜

人形を抱いて見てゐる秋の雨

新蕎麦のほかには何もいらぬなり

秋深し夜ごとに紅き栞紐

萩括る紐をさがしにゆく日和

平身低頭してゐるやうに茸狩

箱舟の記憶はなくて胡桃割る

胡桃焼いて神の齢を考へる

どんぐりの他に仲間の見当たらず

動物園に檻余りをり草紅葉

一枝づつ撓りて紫式部の実

手の先に烏瓜あり届かざり

冬になればふゆになればと鳶鳴けり

柊の花のこぼるる音なりし

初霜や使はぬ部屋に柚子匂ふ

カルメンは逝き大根の千六本

花八手象牙の蕊をこぼしをり

水底を水の影ゆく帰り花

肘と言ふ見えないところ水涸るる

Ⅱ　わが鬣

二十九句

いつも拠るわが鬣の冬欅

対岸の鷺の輝く初時雨

楡の木を見上げてゐたる七五三

お十夜の準備の月の上がりけり

大《おほ》綿《わた》虫に襲はれさうな日和かな

綿虫の消えてこの世の音ばかり

冬ざるる石を落とせば井戸喚く

友といふ冬日の岩のやうなもの

冬の霧眉よせて待つ言葉あり

わが打ちし銅鑼に驚く雪の原

冬山へ塩を届けに行くといふ

八十路とは冬の泉のやうなもの

帯の位置決り寒雷遠からじ

雲の裾海に流れて冬至粥

足袋脱いでひとりの我に戻りたる

鯛焼に目あり尾があり重たかり

冬座敷ひとりへ日差伸びてゆく

菰巻の結び目立てて終はりけり

暖房の届かぬところ出口あり

夜咄の茶杓両手に捧げ持つ

くしやみして己の位置の定まりぬ

かいつむり声ころがしてゐたりけり

笹鳴きを爪先立ちて見ることも

ページ繰るたび冬蝶を思ひ出す

寒林の奥見わたせてひとり住む

枯葉一枚山猫軒の領収書

古書増えて枯木が増えて雀たち

枯木立馬にときどき言ひ聞かす

半鐘の聳えてゐたる枯木山

Ⅲ　猫背なり

三十七句

寒椿仏も少し猫背なり

たれかゐたはずだとおもふ日向ぼこ

電球の振れれば樹氷林の音

漢との距離を測れり冬椿

冬椿白し漢の一年忌

武蔵野は雪に遅れて羽降れり

一歩づつ頷くごとく雪を踏む

夜の街を床びしよぬれの雪のバス
遅れくる人に風花まとひつく

眠れないときは眠らず霜の声

水涸れて浮世の果ての古本屋

牛小屋に牛の影なき霜柱

知らぬ間に鬼の加はる薬喰

寒柝の音の転がる魚籃坂

近づきてみても寂しき冬桜

雪折れの音聴き分けてゐたる祖母

菊枯れて他人の仏間見えにけり

待春の海より明けてきたりけり

大岩や赤牛のごと初日浴び

国栖奏を舟唄のごと聴きゐたり

太箸に名前を書けば居るごとし

繭玉の揺るるや誰か帰るたび

芹薺箸の流れてきし昔

嬰の香も七草粥の香に似たる

木星を確かめてきて初日記

幼子にゴジラ抱かれて初電車

空青くまだ封切らぬ初神籤

どんど焼き無事に終はれば帰りけり

立春や鏡のやうな椿の葉

梅咲いて抱へきれない寺柱

魚は氷にのぼりて誰もゐなくなる

根元まで濡れて芽吹きの雑木山
木の芽和へ円坐一つは神のため

楓《ふう》の木と呼び楡の木と呼ぶ野焼

川越えて野焼の煤は羽のごと

まんさくの一樹に花のゆきわたる

かがみたる子にいちめんのいぬふぐり

Ⅳ　猿めく

十七句

薪能月下に待てば猿《ましら》めく

鷹鳩となりて障子に映る影

雛市のことに明るき井戸の底

つばくらめ梁に足跡残したる
晩鐘のゆきわたりたる鴉の巣

茎立や夢のとなりに夢を置き

根の国の根にたどりつく遍路かな

青空をうちかぶりたる接木かな

鳥籠の透けて夜の来る紅椿

紅椿水が急いでをりにけり

花辛夷空のいよいよ青くなる

肉買ひてきて蒲公英の野を帰る

貌鳥の声聴くたびに胸騒ぎ

漢老いて椿の花を掃いてをり

多羅の芽のほぐれゆくなり泣けるなり

遠山の今日は紫五加木《うこぎ》飯《めし》

春雨の眉《ま》間《あひ》を拭ひつつ入る

V

ひとびとに

二十七句

ひとびとに柳絮飛ぶ日の来たりけり

春暮れて金剛仏に手術痕

普段着で辿り着きたる仏生会

穴子丼食べに虚子忌の鎌倉へ

荷風忌の椅子深くして町に雨

対岸の雨の西行桜かな

八重桜大きな枝は駄目ですか

花守の腰の鋏の黒光り

子雀のひとり遊びを見て昼餉

若鮎のあるかなきかの虹の色

回転のかすかな地球蝶生まる

花蘇芳わが蒙古斑見たことなし

葱坊主手前の人は手を腰に

しろつめくさからおきあがる女の子

蝮蛇草うしろを向いてゐたりけり

薔薇は薔薇ごとに坩堝を持つてゐる

水打つてゐるうち暗くなりにけり

裏山は名前を持たず豆御飯

天狗でも出ればと思ふ祭笛

瞳より濡れてふたつの袋角

巣立鳥真昼は家の中暗し

石楠花の塊り咲きのおしらさま

水の香に目覚むる近江桐咲けり

黒衣着てなんぢやもんぢやの花盛

蕗煮るや白亜の壁を巡らせて

花茣蓙に座りて蹠あらはるる

卯の花や僧が行つたり来たりして

Ⅵ　月に模様

四十四句

仏法僧月に模様の生まれけり

夏至過ぎのユーカリの木と吹かれゐる

瞳濃く摩耶と名乗りて涼しけれ

勾玉の曲がりや男女涼しかり

羽衣を仮に乗せおく五月闇

早乙女に赤い欅が大事なり

父の日や二階から見る大欅

雨乞の竜先立てて杉匂ふ

一日の初めに覗く兜虫

反対と手の上がりたる螢の夜

水馬に水馬の影重たさう

紫陽花を揺らして帰る日曜日

紫陽花に隠れてしまふ三姉妹

いくたびも書きたるわが名百日紅

坩堝から汲み出す硝子花柘榴

楡青葉細かすぎたる辞書の文字

魂を取り出せさうな青葉闇

野の百合を見よと仲間を見渡せり

河骨は今日も遠くに咲いてをり

空蟬の中より虹を眺めたし

梅雨晴の影に濃淡なかりけり

牛たちに夏野の乳房四つづつ

ふるさとの噴井の音を真夜に聴く

潮騒や白シャツを着て娶らざる

青空のあるばかりなり籐寝椅子

籠の鵜がときに声出す蚊遣香

猛犬の日がな風鈴聴きゐたる

箱庭は誰も帰ってこない庭
作り瀧ひとり眺めて帰りけり

草笛を吹いて己を呼びもどす

青葉木菟余白無ければ裏に書く

錦鯉水の形をつくらんと
風音や鮎食べる時鮎に向き

飛魚の島にはふたたび戻らない
鱧食べてしばらく月の赤かりし

蛸の足食べて火星の近づく日

半島の真ん中をゆく蝦蛄食べに

孑孑の上下は目玉先立てて
蛭が出て坊さんが来てくれにけり

洗ひ場といふ緑陰のひとところ

柿の葉の茂りすぎたる骨納

赤鬼のうしろ青鬼ラベンダー

玉葱を吊るしをはりし記紀の国

青葦の葦一本を起源とす

Ⅶ　顕はにしたる

二十二句

脚二本顕はにしたる羽抜鶏

人形に赤子預けておく晩夏

形代へはじめは息を溜めにけり

夜は蟬の声がいきなり抱き枕

虎杖の花に老人紛れけり

羅を着て牢《らう》輿《ごし》に乗りたかり
水底に影横たはる晩夏かな

青空を雲の太りてゆく晩夏

雀らの地べたで遊ぶ土用凪

炎天やふと気が付けば分《ぶ》倍《ばい》河《が》原《はら》

何もなき部屋に夕焼満たしけり

雪渓の覗く町あり叔母のをり

川の名を一つ覚えて夏休

平日の青空見えて冷し酒

合歓咲くや離れ離れに海を見て

夕顔の咲いて余呉湖《よごこ》の遠くなる

蓮の咲く音をたよりに生きんとす

草いきれ児は身体ごとぶつかり来

浜木綿や海の濃き日は波白く

岩桔梗木霊がいつか恐ろしく

夜ごと咲く月より白き烏瓜

烏瓜の花泡立てる月夜かな

Ⅷ　六日のあと

二十三句

広島の六日のあとの星祭

初嵐われの命を置き去りに
颪が出て七夕の歌思ひ出す

梶の葉に書きなれてゐるらしき人

七夕の夜を籠りてびし作り

※びし（釣りで、道糸に付けるおもり）

地べた這ふ亀は知らざる星祭

さりがての身を覆ひたる秋日傘

百畳の大間に何も置かぬ処暑

いづこより人の湧き出す盆踊

盆踊誰へとも無く手を振れり

亀虫の湧いて亀虫めく教会

水の中までの夕暮歌女鳴けり

出会ふことあらばと思ふ酔芙蓉

白桃を水の重さと思ひをり
通るたび棗の落ちてゐる夕べ

桐一葉祈りの手より大きかり

夫が来てしばらく桐の実を仰ぐ

玫瑰《はまなす》の実にゆきついて引き返す

鬼灯を鳴らせば愚かな音なりし

術なくて西瓜抱へて帰りけり

本《もと》荒《あら》の萩のくれなゐ重たかり

抜きん出て巌に影の女郎花

墓石に没年記すあかのまま

Ⅸ　行き当たる

十九句

綿の実を握りて種にゆき当たる

浦人に秋の日暮の竿秤

胸算用すれば眠たし西鶴忌

盃を満たし無月の中に置く

秋天や樹木の匂ひする漢

波音の聞こえなくなる月夜かな

世界中にナイフとフォーク獺祭忌

浮雲や木片に書く小鳥の名

火曜日と記し帰燕と記しけり

手秤で貰ふ鰍の五六匹

鰡飛んで海の暗さを見せんとす

盆地いま秋蚕《あきご》の眠りはじめけり

胡麻叩く昔を呼んでゐるごとく

柘榴実になりて火星に水柱

木瓜の実を回して捥ぎぬ夕間暮

鶏頭の花崩しては種を取る

国引きの荒縄干して零余子採り

と或日は小水葱《こなぎ》の花の水辺まで

友の死を友の子が告ぐ鰯雲

X　歌ふべし

二十二句

月夜には眼鏡の歌など歌ふべし

月光に膨れし家に帰り着く
住み慣れて月光壁に響きけり

ひとりづつ木馬に乗りて野分めく

爽籟や木馬はもとの位置に着く

漁師らに手に取る近さ天の川

秋思でも塔でもなくて仰ぎをり

鬼などに出会ひてみたし露めけば
空尽きるところ花野の尽きるところ

水俣の不知火見ゆる宿なれば

出来秋や船の隠るる野の起伏

天《てん》山《ざん》へ首振りながら馬肥ゆる

火遊びのやうな夕日の稲雀

村中の百舌に呼ばれてゐるところ

鳴くたびにこの世の虫は髭を振る

鬼の子は何嚙みをらん月の下
白粉花《おしろい》の咲くころ素数覚えしころ

健啖の垂れさがりたる糸瓜かな

刈萱を彼方のごとく眺めけり

五六本咲けばにぎやか曼殊沙華

月夜茸ゐたかもしれぬ父と母

父も母も神も仏も曼殊沙華

あとがき

雑木林は武蔵野の特徴でもあります。櫟や橡やそのほかの何の木ともしれぬ樹木が集まって林を成しています。末枯れが始まると、林はその空を少しずつ広げて、いつの間にかどの樹も残らず裸木になってしまうのです。毎年その経緯を眺めながら、林の根元に日差が行き渡るのを、なぜかほっとしながら眺めています。

句集タイトルは、〈末枯れの賑ひにあり雑木山〉からとりました。句集つくりのお手伝いをして下さった方々、そして句集にしてくださった方々に心よりお礼をもうしあげます。

二〇二三年　狼の祭の日に

岩淵喜代子

著者略歴

岩淵喜代子（iwabuchi kiyoko）

1936年10月23日　東京生れ
1976年　「鹿火屋」入会。原裕に師事
1979年　「貂」創刊に参加。川崎展宏に師事
2000年　同人誌「ににん」創刊代表
2001年　句集『螢袋に灯をともす』により第１回俳句四季大賞受賞
2018年　句集『穀象』により第33回詩歌文学館賞受賞
第11回日本一行詩大賞受賞

句集に『朝の椅子』、『硝子の仲間』、『愛の句恋の句かたはらに』、『嘘のやう影のやう』、『白雁』、現代俳句文庫『岩淵喜代子句集』など
共著に連句集『鼎』、『現代俳句の女性たち』など
『現代俳句一〇〇人二〇句』、『鑑賞　女性俳句の世界』（第二巻・第六巻）に作品を寄稿
エッセイ集に『淡彩望』
評伝『頂上の石鼎』埼玉文芸賞評論部門受賞
評論『二冊の「鹿火屋」』公益社団法人俳人協会評論賞受賞、「鬣」賞受賞

現在「ににん」発行人　日本文藝家協会会員
日本ペンクラブ会員
俳人協会会員評議員　現代俳句協会会員

現住所　〒351-0023　埼玉県朝霞市溝沼5-11-14
e-mail　owl1023@fk9.so-net.ne.jp

句集　末枯れの賑ひ　うらがれのにぎわい

二〇二三年一二月一三日第一刷
定価＝本体二八〇〇円＋税

●著者――岩淵喜代子

●発行者――山岡喜美子
●発行所――ふらんす堂
〒一八二―〇〇〇二東京都調布市仙川町一―一五―三八―二F
TEL〇三・三三二六・九〇六一　FAX〇三・三三二六・六九一九
ホームページ　http://furansudo.com/　E-mail　info@furansudo.com
●装幀――君嶋真理子
●印刷――日本ハイコム株式会社
●製本――株式会社松岳社

ISBN978-4-7814-1615-1 C0092 ¥2800E